KB014373

무위사 가는 길

이 시집을 무위사 아미타불 팽나무에게 바친다

무위사 약수

무위사 가는 길

김재석 시집

문학들

시인의 말

　명퇴한 지 두 번째 겨울인 2013년 마지막 날인 제야에 이 글을 시작한다. 몇 해 동안 한 해의 마지막 날이면 어김없이 강진 다산수련원의 값싼 그렇지만 실속 있는 방에서 한 해를 마무리하고 새벽에 일어나 다산초당을 다녀오는 일로 한 해를 시작하였다. 사정이 여의치 못하여 금년에는 집에서 '치욕', '모욕' 그리고 '수모' 라는 말과 함께 '외롭고 낮고 쓸쓸한' 시간을 보낸 한 해를 마무리하고 있다.

　연초 계획했던 강진의 자연과 문화 그리고 인물을 스토리텔링한 『강진시문학파기념관』이란 시집의 출간이 미루어지자 가제본된 다른 시집들이 나보고 능력 없다며 불만을 토로하였다. 다름 아닌 강진의 문화유산을 스토리텔링한 『비취빛 하늘가마로 구운 시』와 『그리운 백련사』란 가제본한 시집들이다. 『강진시문학파기념관』이 먼저 출간돼야 자기들도 세상에 얼굴 내밀 수 있기에 말이 많은 것이다. 이렇듯 이해관계는 사람들만의 일이 아니다.

　그동안 발행했던 나의 시집은 두 가지로 나누어 생각할 수 있다. 하나는 문학성을 추구하는 시집이고 다른 하나는 강진의 문화유산을 스토리텔링한 시집이다. 근년에 발행한 시집들은 후자에 속한다. 강진이 자랑하는 강진의 문화유산인 다산, 영랑, 청자, 백련사 그리고 무위사에 관한 시들을 쓴 뒤 다시 문학성을 추구하는 시로 돌아가고 싶었다. 다산은 다산 탄생 250주년을 맞이하여 이미 발간하였고 영랑, 청자, 백련사 관련 시들은 이미 썼기에 남은 건 무위사뿐이었다. 그렇지만 이미 준비된 시집들을 발간하지 못하여 의욕상실인데다 무위사에 다가가는 것이 만만치 않아 무위사 관련 시집은 포기하고 다른 시집에 들어 있는 무위사 관련 시로 만족하였다.

은퇴하고 고향에 돌아와 달빛한옥마을에 둥지를 튼, 중학교 1학년 때 한 반이었던 김영성이란 친구를 달빛한옥마을에서 만났다. 달빛한옥마을 이장인 그를 위해 「달빛한옥마을」이란 시를 한 편 썼다. 한 편을 쓰고 나니 뜬금없는 달빛한옥마을이란 시들이 떼거리로 찾아와 같은 제목의 시가 열한 편이나 되었다. 그런 어느 날 무위사가 날 찾아왔다. 『그리운 백련사』란 시집에서 이미 불교적 상상력과 관련된 시를 너무 많이 썼기에 내가 다가갈 엄두를 못 낸 무위사가 내게 시비를 걸었다. 달빛한옥마을을 썼으면 무위사도 써야 하는 것 아니냐며 나를 추궁하였다. 그래서 태어난 것이 바로 이 시집 『무위사 가는 길』이다. 이제 다시 문학의 세계로 돌아갈 것이다.

지난 여름 하조도 바다에서 목숨을 잃을 뻔했던 일들을 생각하면 지금 내 앞의 시련은 아무것도 아닌 셈이다. 바다가 나를 삼켰다, 뱉었다를 세 차례나 하였으나 결국 나를 돌려보낸 것을 보면 내가 해야 할 일이 많다는 것이다. 한 가지 더 『강진 시문학파기념관』을 계획대로 발간했더라면 『무위사 가는 길』이란 시집은 태어나지 않았을지도 모른다. '인생은 살기 어렵다는데 시가 이렇게 쉽게 쓰이는 것은 부끄러운 일이다' 라는 윤동주의 시구처럼 시가 이렇게 고뇌 없이 태어나는 것에 대하여 부끄럽다는 생각이다. 그렇지만 자고 나면 나의 부끄러움과는 관계없이 갑오년의 해는 뜰 것이다.

동백꽃똥구멍쪽쪽빠는새, 김재석
2014년 봄

차례

제2부

제3부

제1부

무위사의 봄, 홍매화

약수

1

백련사 약수는
동백꽃잎을 띄워야
제맛이고

무위사 약수는
감잎을 띄워야
제맛이고

2

겨울밤을 베고 누우니
살얼음 속

뚝
뚝

저것이
백련사 것인지

저것이
무위사 것인지

겨울 무위사

1

눈은 가슴 설레며 먼 길을 찾아오는데
입을 봉한 채
장좌불와로 맞이하는
극락보전은 중답다

중은
저러해야 한다

2

두 그루의 팽나무와
한 그루의 느티나무가
살아 천년,
죽어 천년
뜻을 같이하기로 하였다

一切衆生濟度

눈을 불러
제 몸을 도배한 도량이
극락보전이다

저 정도라야
아미타삼존불이라 할 수 있다

무위사 극락보전 풍경의 눈빛 전언

지금은
잠든 바람을 깰 때가 아니다

나의 시중을 드느라
잠 못 이룬
바람을 깰 때가 아니다

나의 전언을
귀로만 들으려 말고
눈으로도
들을 수 있어야지

바람이
내가 몸살 날까 봐
나를 배려하는데
나도 바람을 배려해야지

배려하고

배려 받아야 할 이가
어디 나쁜인가,
바람에게

내가 원하면
언제든
시중을 들 바람을

지금
내 곁에
잠들어 있는
바람을 깰 때가 아니다

무위사 가는 길

승용차에 몸을 실은 길들이
대형버스에 몸을 실은 길들이
이따금 앞질러 가는데
눈발 속에 한눈팔며 가는 길이 있다

언어로 고군분투하는
언어도단을 꿈꾸는 이 길은
자신의 삶이
무위사, 무위사만 같기를 바라왔다

지난밤 이 길의 잠결에
똑똑, 누가 문을 두드려
누구인가 내다봤더니
무위사 약숫물 떨어지는 소리였다

사느라고 정신없는 이 길의 잠결에
무위사 약숫물이 문을 두드린 것은
한번 다녀가라는 신호라고

이 길은 여긴 것이다

월출산 흰옷 입은 봉우리들이
맘 내키면 아무 때나 들렀다 가는
무위사, 무위사를 향하여
털레털레 한눈팔며 가는 길이 있다

무위사 주지 스님이 건네준 감잎에는

누님,
누구나 단맛이 드는 이 가을에
제 마음의 책갈피인
무위사 주지 스님이 건네준 감잎에는
극락보전이 똬리를 틀고 있네요

극락보전 옆구리에 감나무가
무위사 앞마당을 붉게 물들이던 날,
약수 한 잔 마시고 뒤돌아서는
저의 발길 붙들고
주지 스님이 얼굴 붉히는 감잎 하나 건네주데요

누님,
감잎에 똬리 튼 극락보존 주위에
해탈문도 벽화보존각도 미륵전도
해우소도 똬리를 틀고 있는 것을 보니
주지 스님이 건네준 감잎이 바로 도량이네요

눈을 감고
제 마음의 책갈피인 감잎에 귀 기울이면
팽나무에 선방을 둔 까치의
경 읽는 소리 요란하고,
해와 달, 별들의 숨소리도 들리네요

누님,
매사에 뒷북치는 제가
마음의 책갈피 삼은
무위사 주지 스님이 건네준 감잎에는
꿀꺽꿀꺽 약수 마시는 제 모습도 보이네요

동백꽃똥구멍쪽쪽빠는새

– 무위사

봄날, 무위사에 불려갈 때마다 나는
내가 원하든
내가 원하지 않든
동백꽃똥구멍쪽쪽빠는새로
다시 태어난다

왕눈, 사천왕에 가위눌렸다가
벗어난 지
얼마 되지 않은 내가
아미타삼존불 말씀을 끼니 삼은
동백꽃 똥구멍을 쪽쪽 빠는 것이다

동박새, 찌르레기, 직박구리가
눈치를 하든 말든
극락보전 안팎의
아미타삼존불을 뵙기도 전에
동백꽃 똥구멍을 쪽쪽 빠는 것이다

뉘 나도록
동백꽃 똥구멍을 쪽쪽 빨다가
입가를 훔치고
아미타삼존불 뵈면
다 알고도 모른 척하신다

봄날, 무위사에 불려갔다 돌아온 뒤에
내가 벗어나려 해도
내가 아무리 벗어나려 해도
동백꽃똥구멍쪽쪽빠는새에서
여러 날 벗어나지 못한다

무위사의 봄

지난겨울 다들 정진하느라고
나를 눈여겨보지도 않던 수목들이
허공에다 뭔가를 진지하게 적고 있다,
이제는

남들이 시작할 때
마무리를 하는
눈발 속에 더욱 빛나던 동백꽃의 단내가
정상을 달리고 있다

입맛을 다시며
극락보전을 향하는
나와 눈이 마주친 조팝나무꽃이
등심붓꽃이, 나를 보고 희죽희죽 웃는다

먼 나라에서 귀화한
범종각 아래
샤스타데이지는

성불하라고 내게 눈빛을 보낸다

문을 열어젖히고
자신을 거풍시키는 극락보전이
나의 일거수일투족을
다 지켜보고 계신다

홍매화

- 무위사

가까이서 보려고
구름도 고개를 숙이는데
저러다가
떨어질까 무섭다

해와 달, 별빛이 하는 짓은
내 입으로
말하기 거북하니
못 본 척해준다

월출산 산봉우리들이
그림자를 늘이어 하는 짓도
눈뜨고 보기 거북하니
눈감아 주기로 한다

카메라를 멨든
카메라를 메지 않았든
사람들만

속을 다 내보이고 다니는가

가지에 앉아
야단법석惹端法席인 저 새들은
이제 생각하니
보디가드가 분명하다

동백꽃, 큰개불알풀 그리고 나

– 무위사

아미타불 말씀으로
꽃을 팍팍 피워 올린
동백나무 그늘 아래
큰개불알풀들이 집성촌을 이루고 있다

이따금
떨어지는 동백꽃이
꽃수레를 모는
큰개불알풀의 지축을 흔든다

큰개불알풀이 화상을 입을까,
걱정을 앞세우는 나를 보고
동백꽃들과 큰개불알풀들이 입을 모아
너나 잘 하라고 한다

동백꽃 똥구멍 쪽쪽 빨아먹느라
정신없는 내 구두에 짓밟히고
내가 함부로 버린 동백꽃에

큰개불알풀의 허리가 부러진단다

동백꽃과 큰개불알풀이 합세하여
내게 핀잔을 주는데
새들도 내 편일 리가 없기에
얼른 자리를 피하는 게 상수다

물봉숭아 군락

- 무위사

지금도 잘 있을까
무위사 왼쪽 어깨 아래 습지에
구체적으로 말하면
새로 태어난 해우소로부터
그리 멀지 않은 곳에
물봉숭아가 집성촌을 이루고 있었지
다원이 일주문이 보제루가
무위사의 식솔이 되기 한참 전부터
물봉숭아는 무위사의 식솔이었지
무위사가 월출산하에 둥지 튼 이래로
물봉숭아는 아미타불의 말씀을
끼니 삼았지
물봉숭아 얼굴에 윤기가 흐르는 것은
아미타불 말씀 덕분이었지
처음 나와 눈이 마주쳤을 때
내 눈에 둥지를 틀고
여러 날을 떠나지 않아
나를 당황하게 했지

지금은 어떻게 지낼까
사내가 손톱을 물들이고 다닐 수 없기에
손톱을 물들이지 않았지만
내 가슴을 진하게 물들인
물봉숭아,
나를 한 번이라도 생각한 적이 있을까

꿈

나는 매일 밤 반야용선을 타고 피안에 다녀온다

그것도
특실 일인용 침대칸으로

무위사극락보전백의관음도의 오언율시와 파랑새

1. 오언율시

海岸孤絶處 中有洛迦峰
大聖住不住 普門逢不逢
明珠非我欲 靑鳥是人邊
但願蒼波上 親添滿月容

국문과 박사과정 수료한 나도
까막눈인데
다른 사람들은 오죽하랴

바닷가 외따로 떨어진 곳에 낙가봉이 있어
관음은 머무르나 머무름이 없고, 관음보살의 행은 만나도 만남이 없네
명주는 내가 바라는 것이 아니며, 청조는 중생세간과 함께하는 것이네
단지 원하옵건데 푸른 파도 위에 친히 만월의 모습 비추이길 바라나이다

인터넷 뒤지고 뒤지다가 마주친
오언율시 번역이
반반한지
반반하지 않은지

2. 파랑새

連理枝처럼
비구의 어깨와 하나가 된 파랑새가
눈동자를 점안하지 않고 사라진
그 파랑새인가

이제라도 마음을 바꿔 점안하고 싶으나
비구의 어깨와 하나 되어
자리를 뜰 수 없기에
관음보살이 파랑새의 눈에 밟히는가

그림에 붙들린

저 비구가 바로 하루를 못 참아

부정을 타게 한

비구이구만

파랑새와 비구 둘 다

일 프로 부족한 눈에 대한 책임을 물어

관음보살이

그림 속에 가뒀나

* 오언율시
  海岸孤絶處 中有洛迦峰 해안고절처 중유낙가봉
  大聖住不住 普門逢不逢 대성주불주 보문봉불봉
  明珠非我欲 靑鳥是人邃 명주비아욕 청조시인수
  但願蒼波上 親添滿月容 단원창파상 친첨만월용

* 시의 번역은 「朝鮮後期 無爲寺 白衣觀音의 造形的 分析」(李慶禾)에서 발
  췌하였다.

극락보전 외벽에 벽화를 그리지 않은 까닭은

- 무위사

극락보전 내벽의 벽화를 다 그린 뒤에
그리려고 비워둔 것을

내벽만큼이나 숭고한 벽화를
아니 내벽보다
더 숭고한 벽화를
그리려고 비워둔 것을

내벽의 벽화를 그린 화가가
그 사이 숨을 거두어
그만한 화가를 찾지 못하여
그대로 비워둔 것을

장차
그리려고 비워둔 것을
잊어버리고, 잊어버려
아직까지 그리지 않은 것을

그려야 할 때를 놓쳐 버린 것을
그대로 두고 봐도
어색하지 않기에
그냥 잊어버린 것을

대를 이어
그리려고 비워둔 것을 잊어버려
비워두는 것이
오히려 멋있어 보이는 것을

극락보전 내벽의 벽화를 다 그린 뒤에
그리려고 비워둔 것을

극락보전 밖 아미타삼존불

– 무위사

극락보전 안에
아미타불삼존불이 계시는 것을
모르는 이가 없다

동박새도
직박구리도
까치도 다 안다

극락보전 밖에
아미타삼존불이 계시는 것을
아는 이가 없다

두 눈 멀쩡히 뜨고도
바로 옆에 두고도
아는 이 없다

아미타삼존불 세 그루가
극락보전 앞마당에 나란히 계신다,

사이좋게

극락보전 앞마당에서 뒤돌아보고 계산하면
관음보살 팽나무,
지장보살 느티나무가 맞다

종무소 마루에서 바라보고 계산하면
관음보살 느티나무,
지장보살 팽나무가 맞다

한 가지 분명한 것은
가운데 계신 팽나무는
이리 봐도 저리 봐도 아미타불이다

무위사 산감나무

언제 출가하여
언제 수계를 받았는지

법명은
무엇인지

법력은
몇 년인지

은사 스님은
누구인지

화두선은
무엇인지

불경은
무엇까지 뗐는지

상좌는
두었는지

배롱나무와 산감나무

– 무위사

눈발 속 수행 중인
저 배롱나무와 산감나무,
누가
더 먼저 수계를 하였을까

누가 더 먼저
수계한 게 중요한 게 아니라
누가 더 먼저
돈오하느냐가 중요하지

씨가 달라
습성이 다르니
견주어선 안 되는 것을
견주고 있나

서로 시기하지도
서로 모함하지도 않는
산감나무와 배롱나무를

이간질한다 오해 살 수 있는데

병아리빛 감꽃이
진달래빛 배롱나무꽃이
얼굴 내밀었다가
사라진 때가 다른 것만 봐도

눈발 속 정진 중인
저 배롱나무와 산감나무,
누가
더 먼저 득도를 할까

법정法頂

– 무위사

입적하신 법정 스님과
법명이 똑같아서
까딱 잘못하단
오해를 불러올 수도 있지

내 마음속에
세상의 모든 절이
언제나 무위사만 같아라의
무위사의 주지인 것을

법당 안에는
아미타불이 내려다보시고
법당 밖에는
아미타불 팽나무가 내려다보셔야

안에서도
밖에서도
몸과 맘이 한결같아야 하니

쉽지가 않지

무슨 인연으로 법명이
무소유의 법정과 동일하여
발걸음 하나도
섣불리 걷지 못하는가

해탈문

– 무위사

처음 뵈었던 때가 초등학교 다닐 적이니
반세기가 앞질러 간 걸

선한 사람에게 복을 주고 악한 사람에게 벌을 주는
검을 든 동방지국천왕
만물을 소생시키는 덕을 베푸는
여의주를 든 남방증장천왕
악인에게 고통을 주어 구도심을 일으키게 하는
탑을 든 서방광목천왕
어둠 속을 방황하는 중생을 구제하는
비파를 든 북방다문천왕

맡은 바
책임과 의무를 다 하느라
그냥 그 자리에 있는 것 같지만
다들 그 큰 눈으로
머리끝에서부터 발끝까지
네 분이서 함께 보안 검색하고 계시지

그때 그 시절에는
무심수행의 해탈문을 지나
불이문의 세계로 나갔는데
일심수행의 일주문에다
보제루까지 들어서니 머리가 아픈 것을

한두 차례 뵌 것도 아닌데
믿고 그냥 보내줘도 좋으련만
누구도 예외가 있을 수 없기에
수긍할 수밖에

예나 지금이나
한 번도 자리를 뜨지 않고
엉덩이 한 번 들지 않고
책임과 의무를 다하고 있는데
모범상을 추천해야 하나
봉사상을 추천해야 하나

극락보전

– 무위사

내가 중생들을 위하여
할 일이 뭔가를
아무타불 부처님께 여쭤 보면
알아서 하라고 하신다

내가 할 일을
정확히 짚어 주면 좋은데
알아서 하라고 하시니
무슨 일을 어떻게 해야 할지

공동책임은 무책임이듯이
알아서 하라고 하면
무엇을 어떻게 해야 할지
헷갈릴 수밖에 없다

좌우에
관음보살이라도 지장보살이라도
귀띔해 주면 좋으련만

입들을 봉하고 계신다

나에게 독립심을 불러일으켜 주려고
알아서 하라고 한 것이라
자위하고 돌아서는데
그것마저 알아서 생각하라고 하신다

무위사에 내리는 비

– 위법구망

공양간
기왓골에서 떨어지는 물줄기를
빈 쌀부대가
온몸으로 받아주니

밤새
물줄기가
떨어지면서 내는
소리

위법
구망
위법
구망

* 위법구망爲法驅忘 : 법을 위해 몸을 던짐.

미륵전 석불

- 무위사

극락보전에 세 분이 계시고
해탈문에 네 분이 계시고
천불전에 천 분이 계시는데
혼자 계시니

독거불상이
걱정되지 않을 수 없지
한두 해도 아니고
일생을 그리 지내시니

목 운동 한 번 안 하고
어깨운동 한 번 안 하고
안에만 계시니
성인병이 걱정돼야

명부전도
나한전도
혼자가 아닌데
혼자 계시니

월출산산신각

월출산에서
가장 어른 봉우리는 천황봉이나
가장 높은 분은 산신이지

월출산 산신을
소홀히 대접했다간
누구도
화를 면치 못하지

월출산 산신이
허락 안 했다면
무위사도 태어나지 않았지

산신각을
미륵전과 나란히 지어
모신 것만 봐도 알 수 있지

만족하신 듯

한 손엔 부채 들고
다른 한 손으론
수염을 만지고 계시잖아

눈이 번쩍번쩍 빛나는
보디가드 호랑이와
호리병을 찬
시종도 두었지

월출산에서
가장 높은 분은
월출산 산신이지,
누가 뭐래도

천불전

– 무위사

꽃 피고 새 우는데
밖으로 마실 나가고 싶지 않은 이가
여기에
누가 있겠는가

하나라도 밖으로 나가면
룰이 깨지기에
마음은 들랑날랑하여도
버티고 있는 게지

누가 눈동자만 굴려도
누가 엉덩이만 들썩여도
그걸 핑계 삼아
웅성웅성 다들 고개를 돌리겠지

열도 백도 아닌
천 명이나 되는 이들이
부동화이하려면

룰을 정확히 지켜야지

꽃 피고 새 우는데
밖으로 뛰어나가고 싶지 않은 이가
여기에
누가 있겠는가

나한전 석조여래좌상

언제 어디서 무엇을 하다가
무위사 나한전을 둥지 삼게 되었는지
궁금하지만
스스로 입을 열 때까지 기다릴 수밖에

출처불명인 이분에게
괜히 이것저것 캐물었다가
의심 많다고
오해 살 수 있지

나의 병을 치료하여
나를 나의 명 이상으로
살게 해 주시려고
불철주야 애쓰시는 의왕이여

질병은 늘어나고
질병도 면역이 생겨
치료가 잘 안 되기에

이분도 고민이 깊을 것이여

언제 어디서 무엇을 하다가
무위사 나한전을 둥지 삼게 되었는지
궁금하지만
자신을 업그레이드 할 시간을 뺏지 말아야지

무위사극락보전내벽사면벽화보존각에서

무위사극락보전내벽사면벽화 맛을 보려면
사전지식이
뒤에서 밀어줘야 하거늘

사전지식이 뒤에서 밀어주지 않으면
벽화 앞에 오래오래 서서
눈도장이라도
꽉꽉 찍어야 하거늘

어디어디 사는
누구누구 왔습니다, 하고
귓속말로라도
신고식을 해야 하거늘

아미타내영도,
석가여래설법도,
해수관음좌상도,
보상좌상도,

오불도,
비천선인도를 비롯한
29점 중
단 1점에게도
눈 밖에 나는 행동을 하지 않고
나와야 하거늘

훗날
이승을 좀 편히 떠날 수 있도록
아미타내영도에게
눈도장을
확실히 찍어야 하거늘

무위사극락보전내벽사면벽화 맛보려는데
사전지식이 뒤에서 밀어주지 않으면
벽화 앞에 오래오래 서서
눈도장이라도
팍팍 찍고 나와야 하거늘

삼층석탑

– 무위사

대개 젊어보여야,
적지 않은 나이인데
저리 젊어 보이는 것은
무슨 비결이 있는 건가

나이에 비해
한참 젊어 보이는 것은
뭔 문제가 있다고
보여지기도 하는데

추측은 금물이고
의심은 더욱 금물이니
몸 관리를
스스로 잘했다고 봐야지

높이가 삼층뿐이니
견딜 만하지,
책임과 임무를 다하는데

그리 힘들지 않았을 거야

이날 이때까지
아미타불 말씀으로
마음을 다스리니
몸도 평온할 수밖에

나이에 비해
대개 젊어보여야,
저리 젊어 보이는 것은
절제를 잘 했다고 봐야지

돌거북

— 무위사선각대사편광탑비

힘들지 않다고 하면
거짓말이지

말로만 듣던 천년 세월 너머를
네가 버티고 있는 것을
내 눈으로 직접 맛보았으니

네가
비몸돌과
머릿돌과 천년 세월 너머를 함께했으니
連理枝가 따로 없지

한 몸이기에
천년 세월 너머를
꼬리 한 번 안 내리고
버틸 수 있었던 것을

등에 짊어지고 있다고

생각하면
내려놓고 싶은 생각이
하루에도 몇 번이고 들 건데

다 파토내고
바다로 가고 싶은 생각이
들지 않았겠나

자신의 생각을 실천하였다간
물속에 가라앉을까,
두려워
가지 못한 건가

한 몸이 되었어도
무겁지 않다고 하면
정직하지 못한 거지

무위사 범종

無爲
無爲

혼자서는
저 말씀을 뱉을 수 없기에
당목으로
제 몸을 치게 하다니

無爲
無爲

월하리를 지나
성전의 산과 들에
저 말씀을 뱉어내기 위하여
제 몸을 치게 하다니

無爲
無爲

66

월출산 모든 산봉우리들에게까지
저 말씀이 다가가도록
당목으로
제 몸을 치게 하다니

無爲

無爲

당간지주

– 무위사

그때 그 시절이 언제인지 몰라도
그때 그 시절엔
무위사가 아미타불의 말씀을 설파하는데
크게 기여하였다며

그때 그 시절의 영광이 사라진 지금은
무위도식하는 게 아니라
근시인 내 눈에도
수신에 전력투구하고 있는 모습이여

전혀 뭔가 하는 것 같아
보이지 않지만
단정한 외모 하나만으로도
믿음이 가는 것을

그냥 그 자리에서
자리를 지키는 것만으로도
할 일을 다 한 셈이지,

일 없다고 자리를 뜨면 틀이 깨지지

그때 그 시절이 다시 올 리 없지만
그때 그 시절엔
무위사가 아미타불의 말씀을 설파하는데
크게 기여하였다며

당간지주 구멍으로 만난 삼층석탑

– 무위사

무엇이든 낯설어야 새로운 것이기에
무위사 삼층석탑을
면전에서 만나는 것이 뉘가 나기에
극락보전 앞
당간지주 구멍으로 만나보았지

불화를 그린
깃발을 세워 두던 당간지주의 구멍을 통해
삼층석탑을 보면
삼층석탑은 어떤 맛이 날까,
다들 궁금하지

당간지주 구멍으로 만나는 맛을
내가 미리 알려 주면
재미가 덜 하니
직접 만나보는 게
맛을 보는 가장 빠른 길이지

비 오는 날,
눈 오는 날
그때그때마다 맛이 다르기에
불러주지 않아도
자주 다녀봐야 다양한 맛을 알지

당간지주 구멍으로
삼층석탑을 만난 이들이
몇이나 되겠는가
이건 대외비지만
일급비밀 못지않은 것이여

세상에 그냥 얻어지는 게 없으니
머릿속에 담아 두었다가
당간지주 구멍으로
삼층석탑을 훔쳐보는 맛을
다들 만끽하면 좋을 것이여

근심 많은 해우소

무위사 맛보려고
무위사 맛본 뒤에
무위사를 오르내리는 모든 길들아,
다 내게로 오라
내가 그대들의 근심을 덜어주겠다

근심의
근심에 의한
근심을 위한 몸인 나는
마음이
온유하고 겸손하니

근심을 해체하는 법을 아는
내가
근심을 해체하는 법을
그대들에게 적나라하게 보여줄 테니
다 내게로 오라

男女老少
가지가지 길들의 근심을 맛본 나는
근심을 끼니 삼고
근심을 이부자리 삼아도
아무 탈 없는 몸이지

근심 많은 나는
근심 많은 나이기도 하니

나는
그냥 해우소가 아니라
무위사의 해우소,
다 내게로 오라
내가 그대들의 근심을 무위로 만들겠다

* '수고하고 무거운 짐진 자들아 다 내게로 오라. 내가 너희를 쉬게 하리
  라. 나는 마음이 온유하고 겸손하니, 나의 멍에를 메고 내게 배우라. 그
  러면 너희 마음이 쉼을 얻으리니. 이는 내 멍에는 쉽고 내 짐은 가벼움
  이라 하시니라.' (마 11:28~30)를 부분적으로 변형 차용하였다.

無爲茶園과 차 도둑

언제부터인가
무위다원의 차가 예상보다 빨리
줄어든다는 생각이
무위다원 보살님의 뇌리를 때렸다

그냥 그러려니
생각하고 지내고 또 지냈는데
생각보다 빨리
차가 떨어지는 게 사실이었다

다른 건 사라진 게 하나도 없는데
차가 이리 빨리 떨어지다니,
귀신 곡할 노릇이란 말은
이럴 때 등장해야 하는 말이었다

도대체 누가 차를 도둑질하는가
서생원이면 흔적을 남길 텐데
긴장한 나머지

CCTV를 고용하였다

세상에 이런 일이
그 덩치 큰 사천왕이
문을 열지도 않고 들어와
차 생활을 하고 돌아가는 것이었다

넷이서 함께 차를 나누며
한담을 나누다 돌아가기에
그놈의 차가
쑥쑥 줄어드는 것이었다

차 도둑이 누구인가를 알면서도
내색을 할 수 없기에
밤에도 다원을 비우지 않기로 했다,
헛기침을 남발하며

명부전 소화기

명부전 문밖 좌우에
보디가드인
소화기가 부동자세로 서 있다

만에 하나
화마가 지장보살을 시험하면
뛰어들어 불을 꺼야 한다

지장보살, 불에 타
죽으면 죽었지
자의로는 자리를 뜨지 않는다

십육나한도
지장보살 닮아
자의로는 자리를 뜨지 않는다

명부전 문밖 좌우에
보초 서듯
소화기가 부동자세로 서 있다

제2부

달빛한옥마을

달빛한옥마을

1

달빛
용마루

달빛
대들보

달빛
서까래

달빛
주춧돌

달빛
문지방

달빛

담장

달빛
장꽝

2

달빛을
주식으로

별빛을
간식으로

끼니를
때우다 보니

배설물도
달빛인 것을

간혹,
별빛인 것을

달빛한옥마을

달빛한옥마을 이장댁에
내가 머무르는 걸 어떻게 알았을까

월출산 경포대 야영장을 지나
바람재, 구정봉
약수터, 천황봉
이정표를 앞에 두고
때죽나무 꽃이
흐드러지게 핀 계곡에서
한눈팔다가
돌아온 적이 있었지

대퇴부분쇄골절로 어장 난 오른쪽 다리로
고관절이 생길까
겁먹고 있는 왼쪽 다리로
더 이상 전진하지 못하고
후퇴한 내가
한때 월출산을 완주한 젊은 날이 있었지

오늘은
월출산 산봉우리들을 눈여겨보다가
한숨 쉬며 돌아와
달빛한옥마을 이장댁에서 잠이 들었는데
병문안하듯
다들 찾아오다니

내가 못 가니
천황봉이 구정봉이 향로봉이
바람재가 구름다리가
꿈길에 교대로 찾아와
나로 하여금
월출산을 완주하게 해주는 것을

소문을 들었을까,
그 옛날 내가 한눈팔던
때죽나무꽃들도 내 코끝에 와

몸을 비비는 것을

달빛한옥마을 이장댁에
내가 머무르는 걸 어떻게 알았을까

달빛한옥마을

햇빛의 사랑을 감당하지 못하거나
햇빛의 사랑만으로
만족하지 못한 이들은
달빛한옥마을에 들르세요

햇빛의 사랑이 체질에 맞지 않거나
햇빛의 사랑에 데여
영육에 상처를 입은 이들도
언제든 들르세요

눈비 오는 날을 위하여
구름 낀 날을 위하여
달빛 저장고에
달빛을 준비하여 놓았으니

햇빛이 다 하지 못한 일들을
달빛이 채워 줄 테니
햇빛이 본의 아니게 입힌 상처를

달빛이 치유해 줄 테니

초승에서 그믐까지
달빛뿐만 아니라
별빛도 뒤에서 팍팍 밀어주니
마음껏 들렀다 가세요

달빛한옥마을

달빛한옥마을 생긴 지
그리 많이 되지 않았지만
월출산 저명인사는
거의 다 다녀갔지

인사차 얼굴 내밀고
그냥 간 게 아니라
하룻밤, 아니면
이삼 일씩 투숙하고 갔지

천황봉, 구정봉, 향로봉은
말할 것도 없고
그들 봉우리가 거느린
작은 봉우리들도 다녀갔지

구름다리, 바람재, 경포대는
천황사, 도갑사는
또 어떻고

다녀간 뒤에 또 다녀가겠다는데

달빛한옥마을 생긴 지
그리 오래되지 않았지만
월출산 저명인사는
거의 다 다녀갔지

달빛한옥마을

달빛한옥들이
노숙하고 세련됐다 했더니
산전수전 다 겪은
은퇴한 분들이여

머물렀다 가는
햇빛도, 구름도, 바람도
다 같은
햇빛이, 구름이 바람이 아니여

자고 싶으면
자고 가라
이부자리 깔아 줘도
자고 가지 않는 것을

어두운 밤길 밝히느라
정신없는 달빛은
틈만 나면

월남저수지에 몸을 풀고

달빛한옥들이
도량이 넓다 했더니
산전수전 다 겪은
은퇴한 분들이여

달빛한옥마을

　– 햇빛

달빛한옥마을에서
햇빛이
기가 죽을 줄 알았더니
그게 아녀

달빛한옥마을을 더듬고 다니는데
지붕에서 주춧돌까지
장꽝에서 담장까지
마당에서 대로까지

구애를 하는지
추행을 하는지
나로서는
구분이 안 되는 것을

달빛으로 이루어진
달빛한옥을 한 채도 안 빠뜨리고
더듬고 다니는데

달빛한옥들이 싫은 내색 않으니

달빛한옥마을에서
햇빛이
기가 꺾일 줄 알았더니
그게 아녀

달빛한옥마을

— 설야

하룻밤 달빛 끼니를 건너뛴
하룻밤 별빛 끼니를 건너뛴
달빛한옥마을에
눈이 내린다

달빛한옥마을이
내리는 눈발을 껴안는지
내리는 눈발이
달빛한옥마을을 껴안으려 달려드는지

눈발이 달려들어
산과 마을을 하나로 만들어야
천의무봉,
커다란 옷으로 갈아입혀야

천황봉, 구정봉, 향로봉
월출산 크고 작은 산봉우리들이
마을을 다녀가도

발자국은 보이지 않는다

눈발 속에 달빛이 숨은 것을
눈발 속에 별빛이 숨은 것을
눈치채지 못했나
전혀 눈치채지 못했나

하룻밤 달빛, 별빛 끼니를 건너뛰어도
배고픈 줄 모르는
달빛한옥마을에
눈이 내린다

달빛한옥마을
- 꿈에 본 달빛콘서트

달빛으로 버무린 시와 노래와 음악이
별빛으로 버무린 시와 노래와 음악이
허공에
소리꽃으로 만개해야

햇빛으로 버무린 시와 노래와 음악도
찬조 출연해
기량을 맘껏 발휘해야

심지어
달빛으로 별빛으로 버무린 춤도
한몫하는 것을

천황봉이 구정봉이 향로봉이
무의사가 천황사가
귀빈으로 참석한 것을

자리가 없어

초대받지 않은 산봉우리들은
제자리에서
귀를 곤두세워야

달빛으로 버무린 시와 노래와 음악이
별빛으로 버무린 시와 노래와 음악이
허공에
소리꽃으로 만개해야

달빛한옥마을

– 달거리

달빛한옥마을이
달과 운명을 함께하고 있다는 것을
이름 하나만으로도
알 수 있을 것 같은데

달이 기운차면
달빛한옥마을도 기운차고
달이 기운이 빠지면
달빛한옥마을도 기운이 빠지나

정말 그러나 눈여겨보았더니
달빛한옥마을은
달이 기운이 빠져도
기운찬 것을

달이 기운이 빠질 때를 대비하여
쏟아지는 달빛을
달빛한옥마다

달빛수장고에 저장해 두는 것을

오늘은
달빛한옥마을이 달거리를 시작하느라
힘들어하니
달빛이 위무해 주는 것을

달빛한옥마을이
달과 운명을 함께할 수밖에 없다는 것을
이름 하나만으로도
알 수 있을 것 같은데

달빛한옥마을

  – 문패

집에서 키우는
닭, 개 짐승이 주인을 닮듯이
문패도
주인을 닮아부렀어야

군인 출신 이장댁 문패는
군인 정신이
투철하게 생겼고

언론인 출신
시인댁 문패는
시적으로 생겼어야

주인의
삶과 인생관이 다르듯이
문패도
다들 개성이 뚜렸하구만

딱 한 가지 똑같은 것은
문패도
달빛을 만나면
생기가 도는 거 있지

집에서 기르는
닭, 개 짐승이 주인을 닮듯이
문패도
주인을 빼다 박았어야

달빛한옥마을

 – 비 오는 날

떨어지는 빗방울에 달빛이 씻겨 갈까
떨어지는 빗방울에 별빛이 씻겨 갈까
노심초사하지 않았다면
거짓말이지

떨어지는 빗방울에 달빛이 씻겨 갈까
떨어지는 빗방울에 별빛이 씻겨 갈까는
한낱 기우에
지나지 않는 것을

단단히 굳은 달빛이
단단히 굳은 별빛이 끄떡없지,
사십 일 낮과 밤을
비가 내리면 몰라도

떨어지는 빗방울에 달빛이 씻겨 가도
떨어지는 빗방울에 별빛이 씻겨 가도
비가 물러난 다음 날은
달빛이, 별빛이 덧칠하고 다니니

제3부

깐치내재 벚꽃

자화상

내가
나를 우습게 여기다니

세상에
나 같은 어리석은 놈이
또 어디에 있겠는가

일일이
늘어놓을 수 없는 것은
남들까지
나를 우습게볼까
두려워서다

내가
나를 우습게 여기는 것을
내가
용인하다니

쪽팔리는 일들이
한두 가지가 아니나
나를 우습게 여기는 나를
내가
가만둘 것 같은가

집으로

자래부리 막 지나면
시끄테

모퉁이 돌면
버버리깍음

좌회전하면
서문정 팽나무

직진하면
와굿재

군청 그림자 닿는
사거리

우회전하면
읍교회

탑동회관과 어깨동무한
마당 좁은 집

벽시계

미수인
어머니에게
미리
말씀 안 드리고
명퇴했다고
나무라는 거 있지

우두봉은
탐진강은
이제 자주 볼 수 있겠다며
그동안 못다 한
이야기
나누자는데

양무정 소나무는
우체국 앞 팽나무는
아조
짐 싸들고

돌아오라며
뒷바라지 다 하겠다는데

미수인
어머니와 함께
고향 집을 지키는
벽시계가
밤늦도록
나무라는 거 있지

안마하는 벽시계

– 마당 좁은 집

뚝딱뚝딱

내년이면 구순인
성한 데 하나 없는 엄니를
벽시계가
안마를 해 준다

뚝딱뚝딱

엄니가
몸이 저리된 것은
순전히
아부지한테 맞아서란다

뚝딱뚝딱

나한테는 그리 말해도
다른 데 가서는

그리 말 하지 않겠지,
누가 들을까 무섭다

뚝딱뚝딱

내 대신 엄니 안마해 주느라
어깨가 많이 아플
벽시계가
너무 고맙다

무말랭이

미수인 어머니가
제작,
감독한
무말랭이

강진의 햇빛이
강진의 달빛이
묻어 있는 것을

보은산 소쩍새 울음도
보은산 돌샘의 군말도
묻어 있는 것을

탐진강 밤물결 소리도
백련사 범종의 법문도
묻어 있는 것을

미수인 어머니가

감독,
주연한
무말랭이

엄니와 틀니

한때
우리 집의 어금니인 엄니가
지금 내게 바라는 것은 시가 아니라 틀니다
판검사의 꿈을 꾼 편모슬하의 내가
언어의 스토커인 시인이 되었을 때도
주위에서 시인 아들 두셨다는 말 이외에
엄니는 내게서 땡전 한 푼 건지지 못하셨다
맹물을 뇌물 삼아 조왕신과 내통한,
내게 올인한 엄니가 나를 이만큼 키워 놓고도
틀니 하나 요구하지 못하는 것은
시가 영양가가 없다는 것을 눈치챘다는 것이다
고향 집을 멀리한 내게 잇몸이 망가져
아무것도 못 먹겠다는 엄니가
시가 밥이 되냐고 물으신 것은
시가 엄니의 호강과는 거리가 멀다는 것을
엄니가 나름대로 깨달았다는 것이다
엄니가 지금 내게 바라는 것은
인구에 회자하는 시가 아니라 틀니다

그것도 치과의 정품 틀니가 아니고
사사로 하는 짝퉁 틀니다
당장 짝퉁 틀니 하나 해 주지 못하는
뒤늦게 詩作이란 제 무덤을 파는 일이라 깨달은
내가 나의 시에게 간절히 바라나니
엄니가 우리 집의 영원한 어금니로 살아나도록
비유와 상징에 관한 특허 등록을 하거나, 아니면
목숨이라도 내던질 각오를 해야 한다는 것이다

경매와 시집

팔순 노모가 삼십육 년을 따리 튼
아우가 저당 잡힌
고향집 방어하러 버스 타고 법원에 간다
차창을 두드리는 오래된 추억 떨쳐 버리려
『푸른 고집』이라는 시집 펼쳐든다
나의 봄날의 애가는
경매 들어간 고향집을 찾는 것이건만
나무에 차오르는 철없는 봄빛을
푸른 고집이라 노래하였구나
집 한 채를 수성하지 못하는 아우는
한때 푸른 고집이었으나
이제는 환하지도 눈부시지도 않는
치욕에 덜미 잡힌 초라한 고집이구나
내가 설계한 영혼의 집인 시집은
저당 잡힐 수 없는 또 다른 고집苦集,
병든 영혼을 치유하는 약이지만
내게는 삶을 무력화시키는 마약이었지
더욱 파산한 아우에게 내 시집은

위로의 말 주지 못하는 벙어리
고집스런 청보리가 차창을 두드려도
못 들은 척 시집 읽으며 법원에 간다
누군가가 눈독 들일 수 있는
내 발목 잡는 고향집 방어하러

너그러운 똥

바둑알을 삼킨 옛날이 있었다,
바둑알과 놀다가

두려움에 덜미 잡혀
잠 못 이룬 옛날이
죽을 둥 살 둥, 입이 무거운 山으로 가
큰일을 보았다

바지를 추켜올린 옛날이
똥탑을 나뭇가지로 휘저으니
하얀 사리가
나왔다

엉겁결에
옛날이 잘못 삼킨
바둑알을
똥은 사리로 간직하였다

이렇게 생각이 깊은 똥을
고집이 세다, 매도하다니
옛날은 속으로 중얼거리며
사리를 똥에게 맡기고
산을 내려왔다

자신의 고민을 덜어준 똥이
너무도 너그럽다며
옛날은 추억을 되새김한다,
이따금

기와불사

탐우회, 계모임 끝낸 죽마고우들이
고성사 단풍나무 아래 평상에서
추억의 영사기를 돌리다가
옛날 옛적에
물 맞은 값을 이제야 치르다니

강진읍 보은로3길 29 은행나무 식당
김인배

강진읍 동명3길 19-4 대덕닭집
정창범

강진읍 탑동길 ○번지
김재석

담양읍 미리산길 2 청전아파트 102동 ○○○호
장영주

물 맞은 값 제대로 계산하면
이자는 차치하고
원금도 안 되지만
뒤늦게라도
물 맞은 값을 치르다니

안과 밖

강진경찰서 담장 밖 신작로에
명대로 못 살
고장난
느티나무가 있다

강진경찰서 담장 안 맨땅에
유통기한을 넘기고도 남을
튼튼한
느티나무가 있다

암탉의 기둥서방

덕동아재네 암탉이
이따금 덕동아재에게 다가와
자세를 취한다

덕동아재가
신 벗은 발로
암탉의 등을 꽉꽉 눌러준다

덕동아재와 암탉이
부적절한 관계를 맺은 것은
족제비가 수탉을 작살낸 뒤부터이다

덕동아재는
암탉의 기둥서방이다,
무르지 못할

깐치내재 벚나무

벚나무들이 사열을 하고 있다

여기저기서

받들어
꽃!

사열을 받느라
다들
차의 속도를 늦추고 있다

어깨가 아파도
손을 내리지 않는
벚나무들

승용차들의
외모를
가리지 않고

받들어
꽃!

벗나무들이 사열을 하고 있다

<hr>

* 깐치내재 : 우리 고향에서는 까치를 깐치라한다.
* '받들어 꽃!' 이라는 시어를 이미 쓴 시인이 있다. 곽재구 시인일 것이다.

문상

고향 떠난
길들
생각나면

탐진강과
구강포가
공모

누구
한 사람
지상을 떠나게 해야

고향 떠난
길들
그리우면

탐진강과
구강포가

공모

누구
한 사람
하늘로 데려다 줘야

제4부

고성사 단풍

영랑생가

영랑이
고향에 왔다가
길 잃을까 무섭다

집은 제 집이어도
동네가
확 바뀌어
자기 집 아니라고
그냥 돌아갈까 무섭다

구슬나무가
제 얼굴을 들여다보던
물이 고인
계곡도 사라지고
샘도 사라졌으니

대숲 뒤
산언덕에 더불어 살던

그 많은 초가집들
다 어디로 갔나

그 초가집들 덕에
외롭지도
쓸쓸하지도 않았는데
다 사라졌으니
헷갈릴 수가 있지

영랑이
고향에 왔다가
길 잃고
헤맬 것이 분명하다

잠 못 이루는 사의재

- 雪夜

우연인 듯 인연인 듯
눈발들이 먼 길을 찾아오니
맞이하느라
사의재가 잠 못 이루나

몸은 동문매반가에 붙박여 있어도
마음은 흑산도에, 여유당에 있기에
구강포가 엎치락뒤치락하듯이
잠 못 이룰 수도 있지

막강한 그리움은 한이 되고
근엄한 슬픔이 되고
결국 슬픔은 상처가 되어
덧나기 마련인 것을

눈발 속에 금부도사가 사약을 들고
말을 타고 달려오는
꿈에 가위눌리지만 않아도

적소의 삶은 견딜 만하거늘

목숨이 붙어 있어야 뭔 일을 하지
목숨이 붙어 있지 않고선
아무 일도 할 수 없기에
맘에 없는 상례 연구를 우선시하였지

우연인 듯 인연인 듯
눈발들이 먼 걸음을 하니
맞이하느라
사의재가 잠 못 이루나

보은산방에 기대어

어젯밤 소쩍새 전언 해독하느라
뒤늦게 잠이 들었으나
아침 공양 뒤, 연꽃봉오리인
죽섬 가슴에 안은 강진만 바라본다
일사이적에 가위눌렸으나
마음에 치솟는 슬픔과 절망을 다독거리며
뒤늦게 일가를 이룬 다산을 닮으려면
얼마나 많은 곤욕을 치러야 하나
고암모종이 강진의 산과 들을 위무하듯
세상을 위무할 큰 꿈을 지녀야
세상을 살아봤다 할 수 있지 않겠는가
황상, 이강회, 이학래 여러 산봉우리가 모여
다산이란 산맥을 이루었듯이
나도 산봉우리 하나쯤 되어
그 틈에 끼려면
무얼 내려놓고 무얼 끝까지 붙들어야 할까
어젯밤 내게 전언을 보낸
소쩍새는 울고 싶어서 우는 걸까

아니면 울고 싶지 않아도 우는 걸까
눈물 없는 울음은 노래에 불과한데
그 전언을 나는 제대로 해독하고 있는가
나도 죽음 가까이 가 보았으나
다산에 비하면 횟수도 거리도
한참 미치지 못하니
내가 이룰 일가는
다산의 몇 분의 몇이나 되는지
하늘과 땅과 바다가 함께한 강진만은
내가 이렇게 멀리서 바라보는 것을
알아차리고 있을까

가을 고성사

고성사의 종소리도 물이 들었다는데
노랗게 물들었나,
붉게 물들었나
분명히 할 필요가 있지

금란가사 걸친 부처님은
사시사철 노랗게
물들어 계시는데
대웅전은 어떤지

삼사성각은
보은산방은 또 어떻게 물들었는지
단풍나무처럼,
아니면 느티나무처럼

석조의 물소리는 물이 들어
만행을 떠난다는데
범종 주지 스님은
어떻게 물들었을까

겨울 고성사

– 지상의 별밭

겨울을 맞이한
고성사 대웅전 앞마당은
누구도 넘볼 수 없는
지상의 별밭이어라

금란가사 걸친
석가세존
문 열고 보시라고
별로 도배를 해 놓았나

한 그루 단풍나무가
몸에 지닌 모든 것을
지상에 기부하고
동면에 들려는 것을

행여, 밟을까 봐
까치발로
멀리 돌아서 가시는

주지 스님

지금
고성사 대웅전 앞마당은
아무도 생각하지 못한
지상의 별밭이어라

고성골방죽 갈대

고성사 수조에 넘치는
물의 법문이
우두봉의 대변인인
돌샘의 군말이 끼니이니
내가 저 갈대들의 수준을 따라갈 수가 있나

저 갈대들의 끼니와
나의 끼니의
메뉴가 하늘과 땅 차이이니
나는 기초부터
다시 발 벗고 나서야 할 형편이지

탐진치에서 벗어나지 못하고
경솔한 아집에 발목이 붙들린
나의 낯빛에 비해
저 갈대들은 나이 들수록
낯빛이 무장무장 고와 보이는 것을

몸은 붙박여 있어도
맘 내키면 어디든 다녀오는
저 갈대들의 모습이
한눈에 보이는데
다들 어디를 다녀오는 걸까

고성사 수조에 넘치는
물의 법문이
우두봉의 대변인인
돌샘의 군말이 끼니이니
내가 저 갈대들의 수준을 따라잡을 수가 있나

고성골방죽

고성사 수조에 넘치는 물의 법문과
돌샘의 수조에 넘치는 물의 군말이
어깨동무하여
그대가 생겨난 것을

처음에는 어깨동무 정도였다가
나중에는 입도 맞추고
결국은 다리도 포개고 하여
그대를 낳은 것을

구강포가
부동화이를 몸으로 가르치기 전에
그대가 먼저
부동화이를 몸으로 보여준 것을

그대 마음 깊은 곳까지
해와 달, 별들 그리고 구름이
밤낮으로 드나들어도

그대는 붙들 생각 안 하는 것을

마실 나갔다 돌아오는
푸른 제복의 갈대들이
끄떡끄떡 조는 척 위장을 해도
그대 역시 못 본 척하는 것을

돌샘의 이력서

성명 : 북산돌샘

주민등록번호 : 무

생년월일 : 태고적

현주소 : 강진군 강진읍 동성리 보은산

자택전화번호 : 없음

학력 : 보은산에게 사사

경력 : 현 우두봉 대변인

자기소개서 :

돌 사이에서 태어나 돌샘이라 불리는 나는 어린아이가 태어나 울음을 터뜨리듯 언제나 졸졸 소리를 내거나 뚝뚝 소리를 냅니다. 내가 내는 소리를 이해하는 것은 우두봉의 표정을 읽는 거나 다름없습니다. 그것은 내가 우두봉의 대변인이기 때문입니다.

사시사철 진달래에서 동백까지 꽃들이 계주를 하는 보은산에서 태어난 것을 나는 자랑스럽게 여깁니다. 나의 품을 떠나는 물들에게 나는 자부심을 가지라고 당부하곤 합니다. 나는 수신을 위하여 신독을 좌우명 삼고 있습니다.

영상문명이 주도하는 시대에도 느림을 꿈꾸며 이메일도, 블로그도, 페이스북도 하지 않고 있습니다. 나는 에코의 세상을 꿈꾸는 자이기 때문입니다. 나는 언제나 우두봉의 대변인으로서 살기를 바랍니다.

나를 만나러 다시 먼 걸음을 하지 못할 경우엔 멀리서 우두봉의 눈빛을 읽으면 됩니다. 처음엔 우두봉의 눈빛을 잘 읽지 못하여도 들여다보고 들여다보면 결국 알게 될 겁니다. 내 품을 떠나 고성골 방죽 지나 구강포에 이른 물들이 또한 우두봉의 눈빛이기도 합니다. 모두 다 신독하면 부동화이는 저절로 이루어지니 다들 신독하시기 바랍니다.

슬픔에 가위눌린 열수가 보은산방 가는 길에 숨을 돌리고 목을 축이도록 해 준 이가 저입니다. 저에게 있어서 입을 다무는 것은 죽은 것이나 다름없으니 저보다 말이 많다고 폄하하지 마시고 언제든 나를 찾아주시기 바랍니다.

버버리깎음 3·1운동기념비

다른 데 좋은 데도 많지만
버버리깎음에 3·1운동기념비가 자리 잡은 건
강진을 드나드는 길목이기 때문이라고
생각들 하겠지

아니면
그때 그 시절 버버리깎음까지 나와
대한독립만세,
대한독립만세
목청껏 불러 댔을 수도 있지

내 생각엔
3·1운동기념비가 버버리깎음에 자리 잡은 건
강진을 드나드는 길목이기도 하고
대한독립만세 외쳐 부르며
뛰어나간 곳이기도 하지만
귀가 먼 버버리깎음 때문이여

청자 재현하듯
강진 4·4강진독립만세 재현하여
3·1운동기념비가 날마다
대한독립만세,
대한독립만세 외치면
독립한 지가 언젠데 또 독립이냐
시비 걸며
소음공해 들먹이는 놈들 있을 수 있으나
버버리깎음은
소음공해 따지지 않으니
버버리깎음이 최적임지이지

내 말이 말 같지 않다고
말 같지 않은 것이
진짜 말일 때도 있는 법이여

다른 데 좋은 데도 많지만
버버리깎음에 3·1운동기념비가 자리 잡은 건

귀가 먼 버버리깎음이
시비 걸지 않기 때문이기도 하지

버버리깎음 소나무들

버버리깎음이 벙어리인 것이
선천성인지,
후천성인지
내가 알고 싶어 한다는 것을
버버리깎음 소나무들이
어떻게 알았을까

내가 내 입으로 알고 싶다고
버버리깎음 소나무들에게
뱉은 적이 없는데,
잠결에도 뱉은 적이 없는데
어떻게 알고
버버리깎음의 상처가 덧난다고
나에게 알려고 하지 마라 할까

3·1운동 기념비 취재하러 와
3·1운동 기념비와 인터뷰한 사실밖에 없는데
3·1운동 기념비와 인터뷰하다가

잠시 쉬는 사이에
버버리깎음이 벙어리인 것이
선천성일까,
후천성일까 생각한 것 같은데
그날 그때
내 표정을 읽었나

버버리깎음이
선천성 벙어리인지,
후천성 벙어리인지
버버리깎음 소나무들의 요구대로
더 이상 알고 싶지 않으나
그렇다고
왜 그렇게 됐는지
추측해 보는 것은 내 맘이여

내 생각은 선천성이 아니라
후천성인데

세상이 시비 걸지 못하도록,
세상에게 시비 걸지 않으려고
아예 귀를 어장내지 않았겠나

뭐라고 추측은 금물이라고
저것들이 내 표정을 어느새 또 읽다니
내가 버버리깎음 소나무들의
눈빛을 읽어내는데
저것들이 내 눈빛을 읽어내지
말란 법이 없지

버버리깎음

참외서리하다
쫓긴
내 유년이
숨을 몰아쉬던

뒤쫓아 온
원두막이
오르지 못하고
밑에서 씩씩거리던

시끄테

버버리깎음을
옆구리에
찬

자래부리의
등하교를
귀찮게 하는

스무 살 못 된
집 나온 계집애들이
진을 친

거웃이 안 난 아이들의
곁눈이
동정을 잃은

햇살도
주점을
기웃거리는

자래부리 솔밭

자래부리가 자랑하는
자래부리 솔밭을
점령한 햇빛이
무덤에서
뉘 나도록 놀다가
하늘로
퇴각하는 것을

제때에
퇴각하지 못한
일부 햇빛은
무덤 속에
잠을 자고
아침이면 먼 걸음 하지 않는 것을

햇빛이 퇴각한
자래부리 솔밭을
점령한 달빛도 별빛도

무덤에서
뉘 나도록 놀다가
하늘로
퇴각하는 것을

제때에
퇴각하지 못한
일부 달빛과 별빛은
무덤 속에
잠을 자고
저녁이면 먼 걸음 하지 않는 것을

배들이

더위 먹은 도깨비들이
멱 감는 틈을 타
도깨비방망이를 슬쩍하러
배들이 냇가에 나왔지

먼저 와 멱 감던
별들의 인상이
도깨비들의 물장난에
구겨지는 것 봐

각시붕어,
버들치,
피리,
붕어,
메기는
물풀 속에서 잠 못 이룰 걸

구름이 달을 껴안는 틈을 타

냇가의 풀밭에
뱀처럼 낮은 포복으로
도깨비방망이를 슬쩍할 생각인데
기회가 안 주어져야

만에 하나 걸리면
왼씨름으로
도깨비들을 풀밭에 패대기쳐야지

도깨비방망이를 슬쩍하러
배들이 냇가에 나왔지,
하필
만월에

도원리

지상에
정신을 판 햇살이
뒤늦게
돌아갈 생각을 하는
하늘

마실 나온
기러기 떼

빈둥빈둥 놀다가
기러기 울음에
귀를 곤두세우는
원두막

돌아가는 길에
배들이 냇가에
몸을 씻는
햇살

정신없이
뛰어오르는
피
라
미
떼

점차 누레지는
달

눈 내리는 강진만

– 갈대와 고니

죽도, 가우도, 비라도가
서로 의지하고 사는
강진만에 눈이 성급하게 뛰어내려
바다와 한 몸이 되고 있다

눈발 속에서
검둥오리, 청둥오리와 함께
고니들은 무얼 그리 열심히 중얼거리는지

겨울을 나는 은빛 갈대들은
눈발에 굴복하지 않고
일사불란하게 신체 언어를 구사하고 있다

갈대들은 유년에서 노년에 이르기까지
해와 달, 별들에게 배운 지혜를
누군가에게 베풀고 싶은 것일까

부동화이의 달인인 강진만,

갈대들의 몸짓 전언을
고니들이 읽고 있는 것일까

그렇다,
갈대들의 몸짓 전언에 고니들이
자신들의 생각을 요란하게 전달하는 것이다

서로의 생각을
해와 달, 별들이 지켜보지 않는
눈발이 날리는 날에도 나누는 것이다,
주야로

김재석

1955년 전남 강진에서 태어나 1982년 전남대학교 영문과를 졸업하고 2002년 목포대학교 국문과 박사과정을 수료했다. 1990년 『세계의문학』에 시로 등단했으며 2008년 유심신인문학상 시조부문(필명 김해인)에 당선했다. 시집으로 『까마귀』, 『샤롯데모텔에서 달과 자고 싶다』, 『기념사진』, 『헤밍웨이』, 『달에게 보내는 연서』, 『목포자연사박물관』, 『백련사 앞마당의 백일홍을』, 『강진』, 『조롱박꽃 핀 동문매반가』, 『목포』, 『강진시문학파기념관』, 번역서로 『즐거운 생태학 교실』, 시조집으로 『내 마음의 적소, 동암』, 『이화』, 『별들의 사원』, 『별들을 흐린다고 저 달을 참수하면』, 『고장난 뻐꾸기』, 『큰개불알풀』, 『다산』, 『만경루에 기대어』가 있다. 현재 목포 마리아회 고등학교에서 영어교사로서 삼십 년간의 교직 생활을 마치고 전업시인으로 활동하고 있다.

e-mail ǀ crow4u@hanmail.net

무위사 가는 길

초판1쇄 찍은 날 ǀ 2014년 4월 15일
초판1쇄 펴낸 날 ǀ 2014년 4월 24일

지은이 ǀ 김재석
펴낸이 ǀ 송광룡
펴낸곳 ǀ 문학들
등록 ǀ 2005년 8월 24일 제2005 1–2호
주소 ǀ 501–190 광주광역시 동구 천변우로 487(학동) 2층
전화 ǀ 062–651–6968
팩스 ǀ 062–651–9690
전자우편 ǀ munhakdle@hanmail.net

ⓒ 김재석 2014
ISBN 978-89-92680-80-6 03810

· 사진 자료는 강진군청 홍보과와 강진일보로부터 제공 받았습니다.
· 잘못된 책은 바꿔드립니다.
· 이 책 내용의 전부 또는 일부를 재사용하려면
   반드시 저작권자와 문학들의 동의를 받아야 합니다.
· 책값은 뒤표지에 표시되어 있습니다.